「ありがとう」がエンドレス

田口ランディ

晶文社

「ありがとう」がエンドレス　目次

はじめに

一人暮らしを始めるみなさん、独立、おめでとう。
家を出て一人で暮らすのは、長い人生のなかでも最高に刺激的なことです。進学にせよ、就職にせよ、新しい世界が開けています。

ぱあっと大空に解き放たれた鳥のように、自由な気分を満喫されているでしょうね。でもね、しばらくすると「あれ、どこに行くつもりだったんだっけ?」「期待していたことと違う」「仲間からはずれたら不安だな」なーんて、自分がどう生きていいのかわからなくなる時期が来るんです。友だちとの距離を感じたり、目標が見えなくなったり……。

でも大丈夫、それでふつう。

悩みこそ、学びなんですよ。

わたしの娘も今年から、一人暮らし。

娘のために語ったことばを、本にまとめてみました。

みなさんのお役に立ちますように。

母として、先輩としてのアドバイスです。

ちゃんとごはんをたべて、しあわせにね。

おかあさんより

装・挿画
高橋由季
装丁
木庭貴信＋川名亜実
（オクターヴ）

月曜日

人間関係の交通ルール。
お先にどうぞ、ありがとう！

「お母さん、どうしても気が合わない人とも仲良くしたほうがいいのかなあ？」「誰とでも仲良くしろという道徳教育は現実的じゃないね。誰にでも親切に。気の合った人と友だちに。**苦手な人には近寄らない。**接触するときは、社交する。そのために社交術があるんだよ」

社交っていうのは「人間関係の交通ルール」みたいなものなの。接触事故を回避するためにみんなが守っているルールがある。ちょっと粗っぽい運転や、強引に割り込んでくる車がいたら、譲ったほうが安全。スムーズに気持ちよく人生街道を走るために、社交はとっても大事なのよ。

「社交ってどうしたらいいの？」「笑顔で話を聞く。人の悪口を言わない。相手のことをほめる。笑顔で別れる。簡単でしょう？」「うーん。ぶりっ子と呼ばれそう」「あくまで苦手な人に、だから（笑）」

社交は、ゲームと心得よ。一番キャラが立っている難しい相手を喜ばせるにはどうしたらいいか考える。相手が笑ってくれたら星ひとつゲットだぜー！きっと神さまからご褒美が出るよ。

いつも人には親切に。でも、けしてナメられないこと。いいかい、**最高の笑顔でガン飛ばす**（笑）。

「人生の悩みのほとんどは人間関係とお金の問題」

「そうなの？」「就職したいとか、進学したいとかは悩みじゃなくて目的。目的を達成したあとに出てくるのが、悩みなの」「な、なるほど……」「悩んでよし！　悩みこそ学びだよ」

「若いときは自分とちょっとでもズレた考えの人に不満をもつのよね」「年を取ると違うの？」「50年も生きると、**自分とまったく同じ考えの人間なんかいない、**ってことがわかる」「ははは！　そうか」「いない相手を求めていると不満ばかり言う人になる」「気をつけます……」

「否定癖っていうのがあるんだよ」「物事を否定するってこと？」「とりあえずビール、みたいに、とりあえず否定から入る癖がついてしまうと、つまらないことでもめる。否定癖に気をつけようね。しなくていい口論が減れば、幸せだよ」

友だちが、寒気がして食欲がないって、言ったとするよね。だいじょうぶ？　っていうのが心配。おかゆつくってきたから食べてっていうのが心配《こころくば》り。もしかしてインフルエンザじゃないの？　っていうのが脅《おど》し。心を配って、脅さないようにね。

「人生って、百パーセント他人が決めている」「えぇっ？」「**他人が認めてくれなければ成功できない**」「まあ、それはそうだね」「他人はすべて自分の人生のお客様だと思っていれば間違いない。イヤなお客さんもいるけれど、さらっとかわして、お得意さんを増やせばいいんだ」

「いじわるをされたときはどうしたらいいの？」「なにもしない」「じゃあ、やられっぱなしじゃないの」「逃げる、関わらない」「向こうがつきまとってきたら？」「ひたすら、ひたすら、逃げろ。それでもつきまとってきたらストーカーだから、通報してよし」

あなたを嫌いな人は、向こうの都合で嫌いなの。だから、**相手の都合に合わせていると苦しくなって落ち込むの。**無理をするとこじれるの。気が合った人と友だちになって、喧嘩したり仲直りしたりしていればいいの。それでじゅうぶん修行になるのよ。人生でね、20年つきあえる友は少ないよ。

「ひがみっぽくて、うらみがましくて、文句と不平ばかり言っている人は、自分に同調しない相手がこしゃくなの。そういう人に会ったら、さらっとかわして、社交で逃げるの」「でも基本は誰にでも親切に、なんでしょう？」「そうよ。**転んだら手を貸す。でも、深入りしない**」

人に親切にするぞと決めて、日課にしちゃうの。それだけで、人間力がぐんぐん上がるよ。まず、自分との関係を変えるんだよ。

みんなほめてほしい
ほめられるより、ほめよう
社交は、ほめ合うためにある

大人の女性の社交の基本は三つある。「笑顔」「礼儀」「お世辞」だよ。お世辞って悪いことだと思っている人が多いけど、愛想よく他人をほめて悪いことなし。「あの人はお世辞がうまい」っていうのは、言ってもらえなかった人が嫉んで言うんであって、言われた人はうれしいんだ。

人は、心にもないお世辞って言えないものだよ。だから、お世辞って実は心で思ってることを伝えているんだよ。

特定のひとばかりをほめると「おべっか」と思われるから、みんなに言うんだよ。それが社交なの。ほめ合うのが社交。**服だって、性格だって、なんだって「いいな」って思ったらほめる。**友情とは違うけど大事なことだよ。

世の中には本音しか言えない人もいるよね。たとえば発達障害の人は、ひたすら正直。空気読めない。そういう人はね、正直が好きな人に好かれるんだよ。だからね、**少ない人と深い友情や愛情で結ばれる。**それはね、とってもすてきなことだから、それでいいんだ。人それぞれに幸せがある。

笑顔で「はい」と言ってごらん。あなたを嫌う人は激減する。とても生きやすくなるよ。笑顔はね、人間に与えられた万国共通の最強のコミュニケーションツールなの。

しかもね、笑うと脳は快楽物質をドバドバ出す仕組みになってるの。無理やり笑ったっていいんだ。笑えば、幸せになっちゃうんだから。笑い惜しみしちゃいかんよ。

笑えないとき、笑おうとするとね、苦しくて泣けてきたりする。**そういうときはいっぱい泣いていいよ。**

お休みの日に海に行って大声で叫べ。歌え。声が涸れるまで叫べ。**声で浄化するの。**声は、我《が》をぶっ飛ばす大砲だから、思いきり声を出すんだ！

火曜日

目が覚めたら、
まず「起きた」って喜ぼう！

目上の人には礼儀正しく。友だちには親切に。**あたりまえのことをしているだけで、目立ってしまうありがたい21世紀です。**笑顔、親切、謙虚。それだけでステキな人。ね、とってもお得な時代でしょう。

若いときこそ、**清潔でこざっぱりした格好をしよう。**

それだけで好かれちゃう。悩みがあっても、不平があっても、清潔な服を着ること。大人はね、清潔で礼儀正しい若者が大好き。若いってめっちゃお得なんだよ。大人は十代に甘いからね。

人の役に立つことはつらくてもがんばれるのだけど、自分のためのことは楽しくないと続かないの。楽しいことを続けていると、**苦労は苦労でなくなるの。**気がつくと、人の役に立ってるの。

ネットで人と繋がっていれば百パーセントトラブルが起きる。絶対に起きる。間違いなく起きる。それで正常。あなたが持っている**スマホはトラブル発生装置**で、あなたを人間的に成長させるために時代が生み出したもの。現代版の修行の道具。そう思って使うといいよ。

愚痴や文句や不平や他人の欠点をあげつらう人に調子を合わせてつきあうのなら、一人のほうがいい。

失敗したら一生懸命に謝るんだよ。若いっていうだけで「素直で見どころがある」なーんてほめられる。50歳になって失敗して頭を下げたって、アホだとしか思われない。**若さの魔法は使用期間が短い**から、いま、使うんだよ。

「お母さん、地震怖いね。地震が来たらどうしよう」「私は地震では死なない、って脳にインプットしておけば？」「地震では死なない、地震では死なない……。ん、じゃあなにで死ぬの？」「私は死なない、ってインプットしておけば？」「それも変だよ～」

「お母さん、なにを考えてるの?」「自分がどんな言葉で勇気づけられたか思い出してるの」「母さんもヘコんだことあった?」「もちろん。でもほっとくといつのまにか元に戻る。ヘコみから回復までの時間が短いことを、元気、っていうんだね」

「ヘコんでから回復までの時間を短縮する方法があるよ」「へー?」「ものすごく簡単なんだよ。『考えない』ことなの」「あー、でもくよくよしちゃうよ」「くよくよする前に、強制的に映画とか見せちゃうのよ、脳に!」「なるほど……」

「思いついたことはすぐ実行してね、考えているうちに古くなるから」「思いつきにも賞味期限があるの？」「**思いつきの賞味期限は24時間だよ**」「げっ！」「24時間以内に思いつきのための種を蒔くの。人に話すとか、メモ帳に書くとかでもいいの。行為に移すの。そうしないと思いつきの種が腐る」

なんでも後回しにする人は、脳に、今はやらないっていう教えを吹き込んできたのね。それで脳は、今はしない、今はしない、って働いちゃうの。「今するんだよ」って脳に教えれば「そうか！　がってんだ」って脳は指令を出すのよ。**脳って、融通がきかない奴なのよ。**

人間の脳って「ジョークが通じない真っ正直な人」だと思うといいのね。「いつか大金持ちに」って思ったら「今じゃないんだな」って作動するわけ。「恋人がほしい」って思ったら「恋人がいないんだ」って作動するわけ。

もし、ああもう死んでしまいたい、って思ったら、
息を止めてみるといいよ。昔、やってみたけど、息
止めては死ねないんだよ。それって、生きたいって
ことだろう。

人生は食べたものと、言葉と
出会った人でできている

他人を貶す汚い言葉を吐いていいことはないよ。わかりきっていることを止められないのは、その人の人生の勉強だから、本人にまかせておけばいい。そっと離れていくのがいいよ。人にはそれぞれの学びかたがあるからね。

良いものを伸ばすことでしか、成長はないよ。人のいいところを見つけて、**学ぶ人が成長する。**人をけなしても成長はないよ。

ものごとには必ず良い面と悪い面があるよ。なにをやっても批判される。政治家を見ていればわかるだろう？　**大丈夫。おもしろく生きていたら批判する暇がない。**

「お母さん、神さまっているのかなあ？」「信じるかどうかではなく、神さまというソフトウェアだと思ってごらん。人間が成長のために開発したソフト。**神さまがいなければ、地球は人間さまの天下になってしまうからね**」

「世の中には、みんながオレを嫌ってるんじゃないか、って不安な大人が多いの。そういう人は、すぐ怒るか威張るの」「そうなんだ」「だからね、怒ってる人にはブスっとしないで、ご指導ありがとうございます、って感謝するの。そうするとね、相手はほっとして、力が抜けるの」

「感謝の気持ちがわいてこないときはどうしたらいいの？」「あのね、ありがとうって言葉は、この言葉が誕生して以来それを言い続けてきた人たちの思いが込められているのね。言葉が『**ありがとう**』の**歴史**をもってるの。だから、言えばいいの。言えば自動的に感謝しちゃう言葉なのよ」

水曜日

やってやれないことはない！
やらない言い訳は癖になる。

人の目は気にしなさいね。他者のまなざしに射ぬかれて人は成長していくものなのですから。

心が未熟ならなおさら見た目が大事。好きな格好をしていいの。ただし、清潔にね。爪に垢ためないで、歯をよく磨いて、手をまめに洗いなさいね。あなたの服を汚すのはあなたの手だよ。風邪うつすのも手だよ。

「お母さん、洋服ってどう管理したらいいの？」

「洋服のポイントは、週5日学校に行くなら、5日毎日替える、帰ったらすぐ脱ぐ、きちんと畳む、なるべく洗わない、です。服は毎日替えればお洒落だし、部屋に戻ったらすぐ着替えれば汚れない。だから洗わないですむ。洗えば痛むし手間もお金もかかる」

服はきっちり畳む。皺が伸びて、いつもすっきり着れるからね。洋服ブラシを必ず買いなさい。ブラシを布目に沿ってかけると毛羽がきれいになるし服が喜ぶよ。服に好かれればきれいに着こなせる。

洋服ハンガーはなるべく小さくて、肩のラインが柔らかいもの選んで買う。型くずれするとダサくなる。いいハンガーはケチらずに買いなさい。ポケットのゴミは必ず捨てなさい。服にはビニールかぶせなさい。清潔は人間にオーラを出すんです。

「洋服ってあなたが着ていても他人が見るでしょう？　人のためにも着ているの。電車であなたの隣に座る人が、清潔で小奇麗にしているほうがうれしくないですか？」

「その通りです……」

「外着と部屋着とパジャマを一緒にしない。一日3回着替えなさい」「一日3回も着替えるの、めんどくさいよ……」「だから、部屋着も、パジャマも、かわいいものを買うの。着替えるたびに楽しくなるような格好をして遊ぶの。**自分の時間の主人公になって、生活を全部楽しんでね**」

無口で礼儀正しいのなら
それだけで人徳が上がります
ヘタにしゃべるよりも
ずーっとお得です

「お母さん、謙遜とか謙虚っていうのがよくわからない。礼儀もよくわからない」「謙虚、謙遜には必ず感謝が含まれているの。感謝がない謙遜とか謙虚、尊敬はありえないのよ」

我が強いことに気づくと自分が辛くなる。でも、気づかないと周りが辛いんだよ。

人は誰でも相手が礼儀正しいとうれしいの。無口で、洒落も言えなくて、笑いすらとれなくても、**礼儀正しいだけで喜んでもらえるなんて、すごいじゃない。**礼儀正しくしなさい。できなくても、しようと努力していることは伝わるからね。

レストランに入ったら、ハンドバックを椅子にひっかけない。背中と椅子の背もたれの間に置くのよ。食事中はなるべく髪をさわらないの。ちゃんと食べ物を飲み込んでからお話しなさいね。口の中の食べ物が見えたら相手の方が気持ち悪いでしょう。

使った洗面台の水は拭きなさい。髪の毛は拾いなさい。トイレのペーパーがなくなったときは必ず補充。予備の紙がなければお店の人に知らせる。「**あいつは、紙を使い切ってしらんぷりする女だ**」って、お酒の席で噂される知人がいました……人の目は怖いですよ。

みんなでしゃべってるときにスマホ見るのやめようね。せめて、一言「ちょっと失礼します」って断って見なさいね。他の人がしなくても、あなたはそうしてね。だってね、人前でいきなり化粧しないでしょう。個の世界と公の世界の境界がわからなくなると、だんだん下品になるからね。

文句に同意を求めない
あたりまえのことを
さも大変そうに言う若者に
相手はうんざりしていますよ

目上の方がお話しているときに、わからないことが出てきても「はあ?」っていう顔をしない。落ち着いて、話の切れ目に「〇〇とは、こういうことなのですか?」という質問の仕方をするの。「はあ?」っていう態度は、相手をとても苛々させるから、目上の方にしてはいけないよ。

もし、目上の方があなたの間違いを教えてくれたら、「すみません」ではなく「ありがとうございます」と先に言うんです。**謝罪の前に感謝がないと、ほんとうの謝罪にはならないの。**「ご指摘ありがとうございます」と感謝してから、「至らなくてすみません」この順番を間違えてはダメよ。

対話をするときもね、相手との相違点や相手の間違いを指摘ばかりしていると平行線。共通の部分、有益な部分に着目して、そこを積み上げていくの。志を高く置くんだよ。志はね、必ず高い方に引き寄せられる。そうやって人類は、成長してきたんだよ。

人間ってね、自分の上がいると文句が言えるの。でも、自分が一番上になると、もう誰にも文句が言えないのね。責任が増えるほど、文句が減るの。**文句が出るって、下っ端ってことなんだよ。**

木曜日

「ありがとう」がエンドレス。
それが、幸せってこと。

「大学って何のために行くところだと思う？」「学びに行くところ？」「そう。でも大体一ヵ月で忘れちゃうんだよね。大学は楽しく学ぶところです。

教授はね、知識を教えたくてしょうがないんだよ。相手の情熱に火をつける人になれば、世界がどんどん明るくなるよ。若さはね、若いってだけで、大人の心に火をつけることができるんだ。がんばれ！

若いから、授業中に眠くなることがあるだろう。そういう時はごうしようもないから寝なさい。でも寝るにしたって、**がばっと机にうつぶせになるなんてほんとうに失礼だよ。**せめて鉛筆を握って、どうしても眠気に勝てません、という姿で寝なさいね。

どうしてもつまらないときは「この授業はどれくらいきれいにノートを取れるかに挑戦しよう」と目的を変えて、教授がしゃべったことを全部書き取ることに費やしていなさい。

大学でもバイト先でも、何かを授けてくれる人を、尊敬して、好きになる。淡い好意でいいよ。嫌だな、って思わないってことが大切なの。

「好きになるにはどうしたらいいの？」「おもしろがる。おもしろい教授だな、ユニークだな。ひたすらおもしろがる。へんだと思わず、おもしろいと思う。

興味は百パーセント相手に伝わる」

「わからない」ことを「つまらない」と混同して、授業を投げてしまうことほど、つまらないことはないよ。

しっかり授かり上手になるんだよ。教えかたの下手な人から、ちゃんと授かれたら、社会に出て怖いものなしだよ。**教わり上手、授かり上手**になるために、大学で修業するんだよ。

他人の考えは変えられない
自分の考えは変えられる！
つまらないと思うか
おもしろいと思うか
ぜんぶ自分で決められる
それが人間の自由！

大学に入ったら、必ず「大学なんてつまらない、教授なんてつまらない」っていう人がいる。その人は仲間を集めて「つまらない同盟」を作ろうとする。けしてそこに入ってはいけないよ。「つまらない」という人は、自分が自分を好きじゃないだけなんだから。

「つまらない同盟」は、頭がよくて理屈っぽい。学校がつまらない理由を毎日一生懸命考えている。その優秀な能力を毎日使って、なぜつまらないかについて理論構築してる。その人がそれで楽しいなら、その人の人生だからそれでいい。巻き込まれないようにね。

人の悪口を言うのはとても損なことなの。話題が人の悪口になったら黙っていなさい。そうすれば、まわりの人は「**この人は私がいないときに私の悪口は言わない人だ**」と思ってくれます。友だちのノリに合わせて「陰口同盟」と「つまらない同盟」に入ると、その活動で学生生活が終ってしまいます。

あなたは「おもしろい同盟」を作ったらいいよ。つまらないと思ったら「人はなにをつまらないと思うのか」「あの教授のどこがつまらないのか」を研究しておもしろがりなさい。

大学始まってしばらくすると「なーんだ想像してたのと違うな」って思う。それあたりまえなの。若いって世間を知らない。あなたの想像なんてたかが知れてる。想像通りって、あなたの経験の範囲ってことで、そんなのたいしたことないのよ。**世界は想像を絶してるからおもしろいのね。**良い悪いじゃなく。

人生がおもしろいかどうかは「おもしろい」ってインプットしたかどうか、それだけなんだ。才能も学歴も収入も、なにも関係ないんだよ。おもしろいことを、発見して楽しく生きよう。

富士山は走って登れない
歩いてなら登れる
急いで走って
苦しくなったら思い出して
大丈夫、ゆっくりは恐くない
少しずつ、進んでいるよ

学生は好きなことを見つけるためのモラトリアムな時間だから、好きなことを探しなさいね。好きなことを見つけたら、そのあとはつらいことの連続です。だって仕事って大変なんです。でも好きなことをやってるとつらいことも乗り越えられちゃう。

勉強してて「こんなことやっててなんか意味あるのかな？」って思うときあるでしょう。意味を考えるときはたいがい悩みがあるときなんだよ。**人は楽しいときは意味を考えないんだ。**それをやって人の役に立てるならやったほうがいい。自分のためならやりたくなるまでやめてみたらいいよ。

若いころぜんぜんおもしろくなかったことが、30代や40代になって「おもしろいなあ！」って思うこといっぱいあるの。そういうのを成長って呼ぶんだ。**やってムダなことは一つもない**し、損なことも一つもないよ。いくらでも挫折して、頓挫して、大丈夫なんだよ。

ただ、挫折って捻挫と似ていて癖になるから、慌てないでゆっくりと歩いていったほうがいいよ。ゆっくりは恐くない。**時間は人生の敵じゃない、最大の味方。**時間さえかければなんだってできる。

いやなことがあっても幸せ気分でいられる工夫をすること。人はそれぞれに工夫して、気分を落ち込ませない努力をしているんだよ。子供は、ほったらかしておいても幸せ気分に戻れるの。大人になるとぐちぐち考えてしまうから、なかなか幸せ気分に戻れない。だから、幸せになるノウハウ本が売れるのね。

幸せになるのに、ノウハウはいらない。あのね「ありがとう」って言えばいいの。「友だちがいてありがとう」「今日も元気でありがとう」「寝坊ができてありがとう」。「ありがとう」がエンドレス。それが幸せってこと。

元気は言葉からもらう
言葉を変えれば元気になる
元気な言葉を発すると
倍になって返ってくる

「お母さん、元気がないときに元気出せって言われても元気出ない」「そうだよねえ」「元気ってどこから来るのかなあ？」「悪いことを長く考えてると脳がその周波数にチューニングしちゃう。チューニングを変えればいいいんだよ」

言葉は音だから、周波数を持ってるんだよ。それを言霊とも言うの。チューニングするのに手っとり早いのは、楽しい言葉、美しい言葉を話すことなのね。だから、お経ってものが出来たのよ。あれは、いい言葉を声に出すチューニングの道具なのね。

「たとえば浄土教っていうお経があるんだけど、よくまあここまで美しい言葉を思いつくなって思うほど、絢爛豪華に浄土と人間の美点を書いてあるのね。あれを声に出して読んでると、テンション上がるだろうなあって思うよ」「へー。お経って辛気臭いと思ってた」「お葬式で聞くからねえ」

「じゃあ弱気になったらお経読めばいいの？」「現代人の趣味ってのがあるからねえ。カラオケに行ったほうがいいかも」「お母さん、一人カラオケするもんね」「うん。歌ってるうちにめっちゃテンション上がる、あれが昔はお経だったんだよ」

行動しないで悩んでいるのと、行動しながら悩んでいるのとは全然違うんだよね。**行動しながら悩んでいるときは前向きだよね。**悩みが課題になっちゃう。

悩みって頭が勝手に作り出しているものだから、からだが動き出すと消えるの。だからどうしても悩みから抜け出したいと思ったら、強制的にからだを動かすこと。歩くだけでも軽減するよ。

人生って、ひとつもムダがないの。最低最悪の時がチャンス！　もう逃げ道なし。だから、飛べるの。そうやってレベルアップするの。

嫌いって気持ちも大事なんだよ。受け入れられないことに新しい学びがあるの。嫌いに敏感な人、違和感に敏感な人は、学びが得意な人ね。

嫌いなものを好きになれってことじゃないんだ。嫌いという感情のなかに「意味があるぞ、学びがあるぞ」って思う**癖をつけとけばいいだけ**なの。

あのね、楽しいことと、楽しいと思っていることとは、微妙にズレてたりするんだ。こんなことしたら楽しいに違いないって思い込んで無理してることってあるんだ。そういうときは、一人になると、ふっとむなしい。でも、いいんだよ。やりたいことはやってみればいいいんだ。やらないとわからないもの。

金曜日

全力を出しきる快感。
幸せ者はその味を知っている。

人づきあいは難しいんだよ。何歳になっても人づきあいは難しい。誰にとっても難しい。だからね、自分と親友になっておくといいんだ。**自分ってのは、じつに頼りになるんだよ。**

「全力を出せって言われても、どこまでが全力なのかわかんない」「大丈夫、全力を出すって決めると、あ、いま全力じゃないな……って思う自分が出てくる」

「お母さんってどうして恥ずかしいことができるの？」「え？　え？」「知らないこと知らないって言うじゃん、すぐ道を聞くじゃん、誰にでも話しかけるじゃん、一番で手を上げるじゃん、みっともないことするじゃん」「恥ずかしい人生が好きなんです。おもしろいことは恥ずかしいんです」

文句ばっかり言っている人は、文句言っている自分を選んでいるし、遊ぶことばかり優先している人は、遊ぶ自分を選んでいるし、規則正しく暮らす人はその自分を選んでいる。だけどざたいがいほっとくと、怠慢な自分を選びがちなの。**無意識に任せちゃいかん。**

いま私って怠慢？　はっとした瞬間に、どこからか元気な自分が現れて、がんばれ、もうちょっとだから、いまやっとこうよって言ってくれる。その人が自分を育てるリーダー。一人暮らしをすると、その人と仲良くなれるよ。

たいがいの人は「自分探し」をしちゃうんだよ。探しちゃうと見つかんないの。でも、いま私、すごく**自堕落だなって意識した瞬間に、リーダーはそこにいる。**じゃあ、起きてみようかって、言ってくれるから、その人と仲良くね。

「母さんは年をとってほんとうに良かったと思う」

「へー？　どう良かったの？」「半世紀を生きて歴史を見た。予言は外れる。天変地異と経済は予測できない。不安を煽った人は黙るか逃げる。それがわかった！」「そうなんだー」「うん。あんたは安心して生きてよし！　元気を貯金して困ってから悩めばよし」

自分を意識するには、訓練が必要。ブッダはその方法を発見した方なの。**自分はここにいるよ。探さなくていいよ。**自分を受け入れて育てなさいよっていうのがお釈迦様の教えだから。一人暮らしすると、自分が見えて楽しいよ。

感情の興奮は90秒でおさまる。**怒って90秒過ぎたらもう愚痴らないことだよ。**愚痴って癖になる。なんでも癖になるんだよ。いい癖をつけて、悪い癖を消すのが、自分育てだよ。自分探してもムダなのね、自分を育てないと。自分はここにいるからね。

ブッダもキリストも
みんな悩んで成長した
困らないと悩まない
悩まないと成長しない
だから悩むんだ
楽しく悩もう！

浦河べてるの家の向谷地生良《むかいやちいくよし》さんがいつも「自殺は脳の誤作動だから」って言うんだけど、その通り。脳は死なないようにがんばってる。でも、時々誤作動するの。電気系統のハードディスクだからしょうがないね。

悲しみって脳内物質の分泌だから、それをいつまでも出し続けるとずっと悲しいわけ。「**いいかげんにその悲しみ物質は止めろ**」って、脳に命令すると、案外と脳って言うことを聞くから試してごらん。

脳は、複雑な神経の回路だからね、同じことを考えるとその部分が強化されるんだよ。そうなると楽しくもないことを考え続けることになっちゃうんだ。一度、出来た回路を消すのはけっこう大変。思いつづけたものを消すために、違う思考回路を作ること。

「幸せな人生」は「平穏な人生」でも「不幸な出来事がなにもない人生」でもないのね。母さんの親はアルコール依存症だし、兄貴は自殺してるし、もう不幸だらけよ。でも幸せなのね。どうしてだと思う？　最近わかったの。あ、そうか「私を幸せにしなさい」って脳に命令できるからだ！

めんどうなことはなるべく楽しくできるように、自分を育てていくと、些細なことで落ち込まなくてすむからいいいよ。大事なことをじっくり考える時間を作るために、**些細なことは、さっさとやるように脳を仕込むんだよ。**やってみれば簡単だから、実験してみてごらんよ。

「お釈迦様は心を他者に向けて、幸せになる道を選んだ人。答えではなく道を選んだ。悟りを得てからずっとその道を歩まれたんだよ」「お釈迦様に悩みはなかったのかな？」「道を選ぶと悩みが喜びに転換するの。悩みは智恵の種になるから、悩みを得たことを心から喜ぶようになるの」「へー？」

「じゃあ、やっぱりお釈迦様も悩みはあったわけだ？」「生きている限り人は悩むということを知って、じゃあどうしようとその先を求めたのね」「どうしてみんなが幸せになる道を選ぶと悩みが消えるのかぜんぜんわからないよ」「そうだねえ。歩かないと道はないから、考えてもわかんないよねえ」

瞑想も坐禅も、愚痴をストップさせるための方法です。そんなことをしなくても、愚痴を言わないためには、優しい言葉を話し、感謝して、人に親切にすればいいの。あたりまえのことを一生懸命にすればいいの。

怠けているときは、がんばっていると思っている。
がんばっているときは、まだまだと思うものだよ。

言葉はあなた以上にあなただから
あなたのようなふりをして残り
伝わっていくから
言葉を上手に使うのよ
優しい言葉で、どうか人を
はげましてください

「お母さん、つらいときにニコニコするって難しいよ」「**やったことない人が必ずそう言う。**やってみればあまりに物事がうまくいくのでびっくりする」「そうなの?」「誰だってふてくされてる人がいたらイヤなんです。落ち込んでる人がいたら盛り下がるんです。常識です」

つらいときでもニコニコして、友だちに「わたしいま、すごい難関に挑戦してめっちゃヤル気満々なんだ！」とか言ってごらん、相手は「へえ、そうなんだ、がんばってね」って応援してくれるよ。「元気でいいね」ってほめてくれるよ。そうすりゃ、だんだんいい気分になってくる。同情されて良いことなし。

「自分ががんばっていることを人に言うよりも、人ががんばっているのを応援するほうがずっと、自分のことも知ってもらえるんだよ」「そうなの?」

「人はね、自分を知ってくれる人を知ろうとするの。だって、そのほうが楽しいからね」

「お母さん、川崎で中学生がリンチされて怖いよ」

「同情しない。灯をともせ」「それ、お母さんの口癖だね」「うん。母さんも、わたしの母さんからずーっと言われてきた。かわいそうだ、かわいそうだと思うんじゃない。暗いことが起きたら、あなたが灯をともしなさい」

どうせなら、世の中を憂うより、世の中を称えてごらん。小さな社会貢献だよ。

ネット上で人をけなすことは、魅力的じゃないよね。続けていれば、この感覚が体に染み出して、目つきや態度を損なうよ。**自分の見た目を下げてまで人をけなして得はない。**若いうちに気づいていてね。

言葉に細心の注意を払うのよ。呟く言葉は自分の一部。悪口を聞いたら人はこう思うんです。「ふーん。この人は私がいないところで同じことを言うな」言葉はあなたそのものになって流通します。それがネット社会。言葉はあなた以上にあなたなの。

土曜日

仕事が楽しいのは、
人の役に立てるから

「春休みどうしようかなあ」「バイトしてみたら？」
「バイトかあ……」「お金が貯まると楽しいよ。お金
儲けすると元気になるよ。学生時代しか貯金できな
いよ。仕事始めたら最初は誰でも貧乏。余裕がある
と気持ちが楽だよ。仕事を始めたとき、必ず必要な
ものが出てくるからね」

仕事先でね「あれどうするんですか？」「これどうするんですか？」ってすぐ質問しないんだよ。まずね、**質問する前によく先輩の仕事を見るの。**そして学ぶの。それから「これはこうしていいですか？」って質問をするの。質問には人間性が出るから、なんでもすぐ聞いてはいけないよ。

「たとえば客商売のバイトをして、お客様の要望に応えられない場面があったとする」「うんうん」「泣きそうな顔して涙声で謝る店員さんがいるけど、あれは間違い」「そうなの？」「自分がされてごらん、うっとうしい。謝る時も必ず笑顔で相手を気持ちよくさせる。高級ホテルのホテルマンはそうする」

「謝る時に笑顔なのはかえって失礼じゃないの？」

「ものすごく悲しそうに『ご返品はできないんですよ』と言われたら、相手は同情された気分になってよけい腹が立つ。言いづらいことをていねいに伝え、笑顔で対応できれば、この世に怖いものはありません。実験してごらん、バイトは実験場だよ」

「お母さん、わたしは優しくて親切な人になるよ」

「それがいいね」「バイトに行ってみていろいろわかった。いろんな人がいた。感じがいいって大切なんだね……」「そうそう、距離をもって自分と周りを見れるって、大事だよー！　バイトに行って良かったねえ！」

バイトするときはお金のためだと思わず、自分を磨くためだと思って誠心誠意、バイト先で働くんだよ。そして、**懸命に働いたとき奇跡が起きることを体験するんだ。** そうすれば、仕事が人生の最高の幸せツールだと知ることができる。生き甲斐がわかるよ。

お金がなくては生きていけない
食べ物と同じように
大切にするんだよ
お金もエネルギー
お金持ちになりたいなら
よい人になって
お金に好かれることだよ

「お母さん、覚悟を決めるってどういうこと？」

「文句を言わず、自分で全部やるってことだよ」

「人に手伝ってもらっちゃダメなの？」「いいよ、ただし、あなたは人の5倍動くの。そう決めて、事に当たるの」

「お母さん、お金持ちになるにはどうしたらいいの？」「とりあえず、キラキラした財布をもっていなさい」「ご、どうして？」「みじめったらしい財布をもっているお金持ちはいない。財布はお金の洋服、お金に好かれたければお金にいい思いをさせてあげるのさ」「マジかー？　あやしー」

「お金がないときはどうしたらいいの？」「働くんだよ」「最近は働いても貧乏だったりするんだよね、テレビで言っていたもの。不安だなあ」「**働いてもいないうちから不安になるってのが、**まずお金に嫌われる要因になる」「えー？」

「**お金っていうのもエネルギーだから。**パワーをもつにはパワーがいるんだよ。勢いのない人がお金もつと潰れるの」「不安がってちゃダメ?」「やっぱり、ドーンとやる気に満ちてるほうがいいよね。でもこれって生き方の趣味の問題だから、人それぞれだよ」

「働くときに出し惜しみしないで全身全霊で働くとおもしろいよ」「疲れそう……」「一生懸命、人のため全力投球で働く。一度それをやってみると人生観が変わる」「ほんとかなー？」「一度でいいから騙されたと思ってやってごらん（笑）」

「どうして全力で働くと人生観が変わるの？」「あんがい全力で働くってことがないからだよ。それじゃあつまらないんだよ。だけど、やってみないとなにがおもしろいのかわからないんだ。だから、一度くらい全身全霊で全力出し切って働いてみるといいんだよ。実験だと思ってね」

「人より働いて給料が同じだと損した気分になるよ」

「それは中途半端だから。とにかく一日だけ全身全霊で人の何倍も働いてみて、自分に何が起こるか奇跡を経験してごらん。**人生は実験場なんだよ、**人と同じことをしてたらつまんないよー！」

物欲を否定すると淋しいね
人間に備わっているものは利用しよう
がんばったら脳にごほうびをあげて
おしゃれしたり、買い物したりしよう

働くってね、人のためになにかしてあげることなのね。ほとんどそうなの。ものをつくるのでも、サービス業でも、だれかのためになにかしてあげることなのね。だれのためにもならないお金もうけは犯罪なのね。仕事するって、すてきなことでしょう？

母さんはね、働いてお金儲けるのが大好きだったから、いろんな仕事して働いた。一番つらかったのは飛び込み営業で、一番おもしろかったのも飛び込み営業。知らない家に飛び込んで英語教材を売った。21歳の小娘を信じて、買ってくれた人がいた。あれは自信になったなあ。

飛び込みで訪問営業すると、ものすごく度胸がつくの。なにが人を動かすかがわかるの。あのね、**気合いなのよ。**とにかく気合いがないと売れないの。だからね、そのあと広告の仕事をしても、プレゼンは強かったよ。人生に無駄ってことないの。

仕事は本気でやって、一つでも成果を出してから辞めるといいよ。自信になるから。

つまらない仕事ってないよ。どの職場でも、その職場で一番仕事ができる人は、かっこよかった。そういう人たちが、誠実に仕事をして、この社会を支えているんだなあって、若い時に知れてよかったよ。

若い時って有名になりたい、お金もうけしたいって思ってるもんだよ。母さんもそうだった。でもねえ、母さんが作家になったのは無料でインターネットに書きつづけたからなんだよ。なんでタダで書くの？って言われたけど、みんなにいいこと伝えたかった。そしたら読者さんが作家にしてくれたんだ。

文章を書いて生きるってどういうことだろう、と、この道に入った。15年やってみて、よくわかった。どんな仕事もおなじ。生きるってのは、毎日目の前のことをやる。ただ、それだけさ。

一円を大事にするんだよ。赤ちゃんに好かれる人は
いい人。一円に好かれる人もいい人だよ。

日曜日

脳は不安症の怠け者。
脳のご主人様におなり！

「また彼と喧嘩しちゃった……」「同じレベルだから喧嘩するんだね」「なにそれ、向こうが悪いんだよ。ぷんぷん」「向こうもそう思ってるから、お互いさまで吊りあってる。人は自分と吊りあった相手としか恋愛しない。勝負にならない相手とは勝負しないんだよ（笑）」

恋には相手と一体になりたいっていう情動があって、それが満たされると幸せ、満たされないと不幸。好きになると、露骨に自分の我が出ちゃうから、相手のことが我慢できない。**修行だねえ……。**

恋しているときってすごくパワーがあるんだよね。
イキイキする。だからいいの。育て合う、認め合う
関係を作る。めっちゃ我が出て、ごりごりぶつかり
合って削られる。恋は人を成長させる。がんばれ。

人間って他人という存在がないと、自分を育てられないんだよ。ありがたいね。

自分の世界は大事にするんだよ。秘密は力をもっているからね。こころをあからさまにすると、パワーダウンするんだよ。**こころはていねいに隠しておくの。**そして、好きな人にだけそっと、レース越しに見せるんだよ。

だまされたと思って
ありがとう、って言う
だまされたと思って
幸せ、って言う
そうすればわかる
なにが気持ちいいか、ってことが

幸せって「しあわせー！」っていう気分以外の何物でもないよね。だから、**しあわせーっていう気分をなるべく持続させればいいだけ。**長時間幸せ気分でいられる人が幸せな人だよ。

人間が嫌な思いをする99パーセントは、人間関係だよね。石につまずいたら「いて」って思うだけだけど、人の足につまずいたら「いてえな！」って思うでしょう？　なぜだろうね？

好きな人といると幸せ気分になるけれど、好きな人がそっぽを向くといきなり苦しくなる。他人が自分の気分を左右してるのね。だから、他人に気分を左右されなくなると、幸せ気分の時間は、増えていくわけ。あたりまえすぎて忘れてるんだよ。

「でも！　失恋したら悲しいに決まってるよ」「その通り。みんな悲しいのよ、フラれたら悲しくていいわけ。ただね、**いつまで悲しんでいるかは、自分で決められるのね。**なかにはずーっと悲しんでいたい人がいるわけよ。ずーっと悲しんでいるとだんだん相手が憎くなってきたりするのね」

失恋っていうのは、恋人と共にいた自分が死ぬわけだから、成仏するために49日は悲しんでいいけど、それ以上悲しんでたら死者も成仏できないでしょ。失恋の49日を終えたら、きっぱり気分切り替えるぞ、って脳に命令するわけ。「楽しい時間をありがとう！」って手を合わせてね。パンパン。

安心してね
親切で、笑顔で、優しければ
あなたを嫌う人などいないんです
それができないというなら
まだ悩み足りないのだから大丈夫
どんどん成長します

「お母さん、結婚してよかったと思う？」「えっ?!　難しい質問だなぁ。**夫婦って修行の相手みたいなものだから。**まぁ、恋愛相手もそうだけどね」「修行ってなんの？」「忍耐と寛容……かな。正直なところこの修行は母さん、ぜんぜん進んでいない。一番ダメなジャンルです」

「じゃあ、結婚しないほうが楽なの？」「いや、そういうものでもない。いかに苦しいことを楽しくやるか、っていうマインドセットのゲームみたいなものなんだよ。**最初から簡単だと、ゲームにならない**から、いろいろと縛りがあるわけ」

「この相手と結婚して心から良かった、ありがとう……と思える日は、一年に数回かな……。でも、ときごきごわーっと泣ける日があるよ。毎日、そう思えたら、幸せだなあって思うんだけど、ぜんぜんダメだねえ」「そうなんだ」「家族ってありがたいなあ、って思えたら、その人はそれだけで凄いよ」

「私も結婚したら苦しいって思うのかなあ」「まあ、人生いろいろだから、悩みもいろいろで、人と自分は違うから。母さんの言うことが全部あてはまる人なんかこの世に母さんしかいないから、人の苦労話はふわっと聞いておきなさいね」

「お母さん、理想をもつって大事だよね」「理想というのはえてして虹と同じではかなく遠い」「そうなの？」「たとえば『円満な家庭を作るのが夢』という理想は、まず自分が円満でなければ成り立たない。いま円満でない自分が円満な家庭は作れないでしょ」「まあそうだね」

「理想を実現したいなら、いますぐ理想の自分を演じることです。自分が理想に近い存在になることが理想実現の第一歩」「それって演じるだけでもいいの？」「演じているとその気になるのが人間なのね」

心で怒っていてもニコニコして「円満」な自分を演じ切れたら、その人は円満な人で、円満な家庭を作るでしょう。円満っていうのは問題がないってことじゃない。問題のない家庭なんかない。**問題があっても円満にしているから円満なの。**他人は理想を叶えてくれない。円満を叶えるのは円満な自分だけ。

両親が不仲でもそれは「自分」とは関係なし。もしそれで人生が左右されるなら、母さんの人生はボロボロだよ。冗談じゃない。母さんは人生、楽しくて幸せで、円満。それは母さんが大円満だからです。

「でもテレビとかで家庭環境が悪いと障害になるって言ってるよ」「そう思い込まされると自分に負けてしまう。人間は誰でも大変なことの一つや二つある。ただそれに負けて不機嫌になるか、そこをふんばって笑うかが勝負。笑う門には福が来る。真実だから、言い伝わってるんだよ」

わかったつもりになっていただけで
ぜんぜんわかっていなかった
そんなことが、いっぱいある
発見、発見、また発見
人生は長生きするほど楽しいよ

「母さんのたのしみは、あんたをびっくりさせることなんだ」「もう、いつもびっくりしてるよ」「びっくりしてると落ち込まないのよ」「えーなんで？」「脳が動転して落ち込む暇がないの」

母さんが死んだら、きっと母さんの言葉を思い出すよ。そのために、種を蒔いているの。母さんの言葉は埋蔵経だから、ほんとうに必要な時に蘇るよ。そのために必死で埋めてるの。

「最後の質問！　いじめられたらどうしたらいい？」「あなたはもう自分の力でどこにでも行ける。自分にとって居心地のいい場所を探せばいい」「そうかー」『わたしはよくがんばった』っていつも自分を励まして、自分と仲良しで生きてね」

「お母さん、友だちがみんなすごくよくしてくれるんだけど、あれは私の人徳じゃなくて、向こうの人徳なんだよね」「そうだね、そう思っていれば間違いないね」「みんな偉いなあ……」

「お母さん、ずっといろんなこと教えてくれてありがとう。わたし少し変わった気がするよ！」「そーか、良かった」「でもね、友だちが悪口や不平を言っているのが気になるようになっちゃった」「あんたもそうだったんだよ（笑）」「そーか」「登り口は違っても、目指している山はみんな一緒さ」

人はね、みんな神の心をもっている。あなたも、わたしも、みんな、神さまの心をもっている。それを真如っていうんだよ。自分を大事にするように、他人も尊重してね。

母さんねえ、あなたが家を出ていくっていうんで、やっと、自分が家を出たときに母親がどんなに淋しかったかわかった。あなたがいなければ一生、わかんなかったと思う。死んだお母さんに心からありがとうって言えたよ。あんたを産んでよかったよ、ほんとにありがとう。

「幸せってなにかなあ……」

「ほーら、これが幸せだよー。ぎゅー！」

編集構成：今泉愛子
協力：みずわたり

この本はtwitterのつぶやきから生まれました。応援してくださったフォロワーの皆様に感謝いたします。ありがとうございました。

田口ランディ（たぐち・らんでぃ）
1959年東京生まれ。作家。人間の心の問題をテーマに幅広く執筆活動を展開。代表作に『コンセント』『アンテナ』『モザイク』。2001年に『できればムカつかずに生きたい』で第1回婦人公論文芸賞を受賞。その他の著作に『富士山』『被爆のマリア』『キュア』『パピヨン』『サンカーラ』『ゾーンにて』『ヒロシマ、ナガサキ、フクシマ　原子力を受け入れた日本』『仏教のコスモロジーを探して』など多数。

「ありがとう」がエンドレス
二〇一五年六月五日　初版
二〇一八年四月一〇日　二刷
著者　田口ランディ
発行者　株式会社晶文社
東京都千代田区神田神保町一-一一
☎：〇三-三五一八-四九四〇（代表）・四九四二（編集）
URL http://www.shobunsha.co.jp
印刷・製本　ベクトル印刷株式会社

ISBN978-4-7949-6879-1
Printed in Japan